Daily France

Daily France

초판 1쇄 인쇄 2019년 4월 2일
초판 1쇄 발행 2019년 4월 9일

지은이 경선

펴낸이 이상순 **주간** 서인찬 **편집장** 박윤주 **제작이사** 이상광
기획편집 김한솔, 김현정, 박월, 이세원, 이주미 **디자인** 유영준, 이민정
마케팅홍보 이병구, 신희용, 김경민 **경영지원** 고은정

펴낸곳 (주)도서출판 아름다운사람들
주소 (10881) 경기도 파주시 회동길 103
대표전화 (031) 8074-0082 팩스 (031) 955-1083
이메일 books777@naver.com
홈페이지 www.books114.net

문학테라피는 (주)도서출판 아름다운사람들의 문학 브랜드입니다.

ISBN 978-89-6513-546-3 03800

이 도서의 국립중앙도서관 출판예정도서목록(CIP)은 서지정보유통지원시스템 홈페이지(http://seoji.nl.go.kr)와
국가자료종합목록시스템(http://www.nl.go.kr/kolisnet)에서 이용하실 수 있습니다. (CIP제어번호 : CIP2019011116)

데일리 프랑스

경선 지음

문학테라피

차례

※ 참고해서 읽어주세요

이제 어떡하지

찌뿌둥하게 일어나

잠이 덜 깨어
겉창을 올릴 때면

가끔은 이런 생각이 들었다.

'여기가
어디지?'

그날은 금요일이었다.

프랑스는 주말엔 제대로 되는 일이 거의 없으니.

금요일이 한 주의 끝이라고 할 수 있다.

의료 보험?

*프랑스 의료 보험 카드

처음 프랑스에서 자취를
시작한 작은 스튜디오는

그 당시 다니던 예술 학교와 걸어서
5분 거리의 사립 학생 기숙사였다.

학생 숙소(résidence étudiante)라고 해도
거의 모든 사람이 살 수 있었던 모양으로

땅!!

사는 사람의 연령은 다양했다.

여기서 애를
키워도 되나?

어쨌거나 그 방에 대한 기억은,

－춥다.

그 방에서 혼자 멍하니
앉아 있을 때면

나는 우주를
상상하곤 했다.

불안하거나 불면이 오면
자주 애용하는 방법인데

방이 아주아주, 너무너무
추웠기 때문에 더 실감이 났다.

프랑스의 겨울이 생각보다
추웠던 탓도 있겠지만

우주는 X같이
춥구나…

전기세를 아끼겠다며 난방을
틀지 않았던 탓도 있을 테다.

옷을 껴입고 자서 찌뿌둥하게
일어나 겉창을 올릴 때면

잠이 덜 깨어 가끔은
이런 생각이 들었다.

여기가
어디지?

드르륵

드르륵

내 방이
아닌데…

드르륵

X나
춥네.

아…

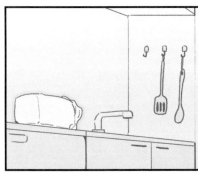

가벼움

'칭챙총이라고?'

직접 겪어보기 전에는
인종차별이란
좀 더 무거운 일이라고
생각했다.

하지만 모든 차별은
가벼움에서부터
시작되는 것이었다.

프랑스에 살면서
많은 것이 달라졌다.

오후 2시를
14시라고 하게 되었고

2시에
점심 먹었음.

14시에
만날래?

이게 뭐야?

7인데.

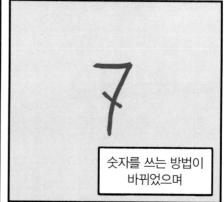

숫자를 쓰는 방법이
바뀌었으며

하나만요?

맛있다는
뜻인가…?

'하나'를 엄지손가락으로
표현하게 되었다.

둘은 이렇게.

빤ー

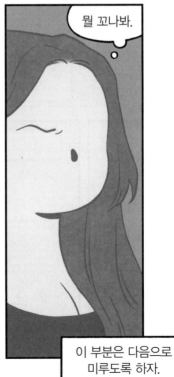

뭘 꼬나봐.

이 부분은 다음으로
미루도록 하자.

그중에 가장
달라진 점은

인종차별 경험자가
되었다는 것이다.

니하오!

응?

뭐지?

직접 겪어보기 전에는 인종차별이란
좀 더 무거운 일이라고 생각했다.

하지만 모든 차별은 가벼움에서부터 시작되는 것이었다.

…

뭐라고?

내가 볼 때 넌 한국 사람같이 생겼어, 걱정 마.

한중일 사람들은 다 다르게 생겼어. 난 구분할 수 있거든.

아아… 그래. 좋겠다.

근데 나한테 중국 사람이라고 해서 기분이 나쁜 게 아니야.

그럼?

내가 프랑스 사람이면? 미국 사람이면?

내 인종으로 내 정체성을 마음대로 단정하면 안 되는 거야. 그게 인종차별이라고.

누가 네가
백인이라고 해서

하이,
미국인.

이라고 하면
좋겠어?

흠…
정말 싫다.

난 미국인처럼
안 생겼다고.

???

누군가 말했던 것처럼
세상 어딘가엔 아직도 전쟁이 일어나고
수많은 사람들이 버려진다.

…저기요.

삑 삑 삑

안녕히 계세요.

삑

…

안녕히 계세요!

삑

…안녕히 가세요.

삑삑

참 고맙네요.

삑

하지만 아주 가벼운 잘못도 고쳐 나가지 못한다면
무거운 잘못은 어떻게 고친단 말인가.

변화

내일?
내일도 똑같지 뭐.
학교 가고,
밥 먹고,
학교 가고.

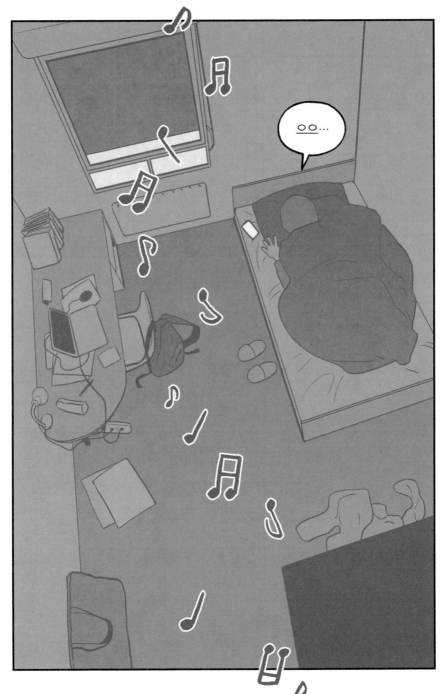

처음 프랑스에서의 일상은 단순했다.

일어나서
학교에 가고

수업이 끝나면 장을 보고

집에 돌아와 밥을 먹는다.

회화 테이프를 들으며
목이 아프도록 중얼거리고
단어를 외운다.

…숙제
있던가?

술을 마시며 예능 프로를
보다가 씻고 잠이 든다.

…

하긴 뭐
언제는 말이 많은
타입이었나.

굳은 머리로
남의 나라 말을 배우기보다
나 자신을 바꾸는 일이
훨씬 어렵겠지.

게다가 별로
바꾸고 싶지도 않은걸.

엄마도
똑같지 뭐.

으응.

내일은
뭐 해?

내일?

내일도
똑같지 뭐.

학교 가고,

밥 먹고,

학교 가고.

응, 응.
알았어.

응, 끊어.
사랑해.

풀썩-

51

흐아암

헐 꼼장어...

빵에 대하여

한입 베어 물자
바삭한 껍질이 부서졌고
드러난 쫄깃한 속은
버터 향이 가득했다.

아주 작은 용기에 대한
포상치고는 과분한 맛.

저기, 이 우편은 어떻게 보내는 건가요?

이게 뭐죠?

세금… 이요?

무슨 세금이죠? 수표인가요?

여기 보내라고 쓰여 있어서…

보내는 거 아니에요.

아 정말요?

그럼…

보내는 거 아니에요.

아…?

예에…

감사합니다…

영문을 모르겠네.

그럼 이건 대체 뭐지?

57

서류가 부족해요.

네?

여기 이 목록 보고 다시 챙겨 오세요.

네? 그럼 다시 와야 하나요?

오늘 예약인데요.

네, 다시 오세요.

예약은요?

연락드릴게요.

아… 네…

존나 믿을 수 없다.

대체 뭐가
없다는 거야?

여기-!

저 이거 원본
서류 있어요!

여기요.
이거면 되나요?

- 네, 그러네요.
저기서 기다리세요.

아싸!

그냥 갔으면
어쩔 뻔했냐?

원본 서류 있냐고
한번 묻기나 해주지.

아, 저기 이 휴대폰이
안 돼서요.

뭐가
안 된다는 거죠?

아 여기 이게
지난주에 샀는데…

휴대폰을요?

선불 유심
저쪽에 있어요.

인터넷으로 산 건데…

영어로 하실래요?

네네.

아, 아니 유심 샀어요.
이 회사에서 —

구글에 검색이나 해 보자…

달칵 달칵

아니 X발 이거 어떻게 하는 거임?

프랑스인도 모르냐!

오 답변도 있다…

…여기다 전화하라고?

아니 X발 전화가 안 된다니까…

딥 빡

짝!

한국이었으면 쉬웠을지도 모를 일들이 언어 때문에 좌절되는 일이 반복되자, 꼭 필요한 일이 아니면 대화를 해야 하는 상황 자체를 피하게 되었다.

아 X발 그냥 취소하고 다른 회사에서 다시 살래…

학교와 집 사이에 갓 구운 빵 냄새를
풍기는 빵집이 있었는데도,

앗, 눈
마주쳤다.

대형 마트만 이용했다.

대형 마트에서는 대화할
필요도 없었고,
동네 가게보다 더 저렴했다.

앗, 세일!

※자취생의 올바른 자세

어느 날은 세일 중인 크루아상 한 상자를 샀는데, 3유로 정도였다.

이게 몇 개야…
하나, 둘…

여섯!

우리 집에
가자!

난 빵을 별로 좋아했던
기억이 없는데,

한식은 외국에서 혼자 사는 사람이
매일 해 먹기엔 너무 번거로웠고,

밥상에
국도 없다니!

네가
해 먹어!

그래,
없을 수도
있지!

프랑스의 빵은 너무 맛있었다.

맛있는 음식 최고다.

그냥 먹어도 이렇게 맛있나?

지금 생각하면 조금 자기 최면이었던 것 같기도 하고.

…

그래도 빵은 갓 구운 게 최곤데…

다음 날, 학교가 끝나고 집에 돌아가는 길에 빵집에 들어갔다.

안녕하세요, 뭐 찾으세요?

아, 크루아상 하나 주세요.

하나만요? 다른 건 괜찮으세요?

네, 괜찮아요, 감사합니다.

별것도 아닌데, 그땐 얼마나 떨렸는지 모른다.

1.80유로입니다.

네, 얼마요?

1,800이요. 이렇게…

아… 80. 숫자 어려워.

감사합니다.

천만에요, 또 오세요.

두근거리며 받아든 크루아상은
마트에서 파는 것보다 크고,
눅눅하지 않아서 단단했다.

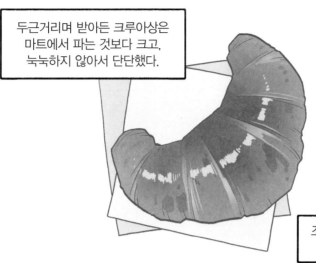

조금 따뜻한 것
같기도 하고.

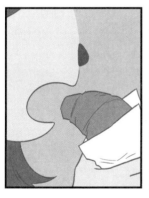

한입 베어 물자 바삭한 껍질이 부서졌고
드러난 쫄깃한 속은 버터 향이 가득했다.

아주 작은 용기에 대한
포상치고는 과분한 맛.

냠·냠

앞으로는
꼭 빵집에서
사 먹어야지.

양갱

프랑스에 와서
처음으로 엉엉 운 날은

엄마랑 처음으로
통화했던 날도,

아무것도 없는 추운 방에서
보낸 첫날 밤도 아니고,

전기세 폭탄을
맞은 날이었다.

첫 전기세
고지서!

묘하게
신남

EDF

…두 달치
전기세가
150유로라고?

엥?

150유로?
아닌데…

난 70유로
나왔는데.

…

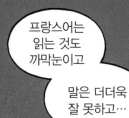

프랑스어는 읽는 것도 까막눈이고

말은 더더욱 잘 못하고…

대체 어떻게 하지?

프랑스에 와서 처음으로 엉엉 운 날은

엄마랑 처음으로 통화했던 날도,

아무것도 없는 추운 방에서 보낸 첫날 밤도 아니고,

전기세 폭탄을 맞은 날이었다.

쿨쩍...

관리실에

한번 물어볼까...

...아니. 내가 해 볼 수 있을 만큼은 해 보자.

일단 전화부터...

저기... 안녕하세요.

안녕하세요.

저 문제가 있어요. 이거 EDF* 전기 요금 왜예요?

※혼자 하기 실패

*프랑스 전력 공사

아... 요금이요? 여기 150유로라고 되어 있어요.

요금, 이거 너무 비싸요.

아, 그렇군요! 요금이 잘못 청구된 것 같다는 얘기죠?

올라가서 확인하고 전화해 볼게요.

네? 아 감사합니다.

COOL

뭘요.

네, 안녕하세요.

여기 입주자 분이 전기세가 너무 많이 나왔다고 하셔서 확인 좀 부탁드릴게요.

어휴 젠장.

10년은 걸리겠네…

전에 살던 사람이 안 낸 요금이었대요.

청구서를 다시 보낸다고 하네요.

아 정말요? 감사합니다!

천만에요. 좋은 하루 보내세요.

정말 얼마나 고마운지 상상도 못 할 거예요, 진짜 천사 아니신지?

이것 때문에… 이게 뭐라고 진짜 울다가 기절할 뻔…

…감사합니다.

며칠 뒤 정상적인 고지서가 날아왔다.

휴…
드디어…

다행
이다.

풀썩_

…사실은 이렇게
별일도 아니었는데.

그냥 더 일찍 도와달라고 할걸.

왜 혼자 알아서 해 보겠다고 생각했을까?

어쨌든 난 어른이고

내가 프랑스어를 잘 못 하는 거지. 바보는 아니니까.

하지만 때로는 도움을 청할 줄도 알아야 한다.

그게 아무리 부끄럽고 창피해도.

죄송해요, 다시 한 번 말해줄래요?

프랑스어를 아직 잘 못 해요.

좀 도와주실래요?

뭐든지 혼자서 해결할 수는 없다는 사실도 인정해야 한다.

나는 한낱 인간이다!

도움!

내가 모자라서 그런 것이 아니라, 그건 그냥 그런 것이다.

참, 그러고 보니 뭐라도 주고 싶은데…

저기, 안녕하세요.

이거 한국 과자예요.

우와 고마워요.

문제는 잘 해결됐어요?

네네!

다행이에요. 무슨 문제 있으면 연락해요.

와 짱이다!

고마워요, 좋은 하루 보내세요.

짱이다!

사람들이 가장 많이 후회하는 것 중 하나가

'작은 친절에 보답하지 못했던 것'이라고 한다.

난 아직도 1년간 살았던 그 건물
관리인의 이름을 알지 못한다.

내가 기억하는 건

띵!

안녕하세요.

아 안녕…

오! 그 과자
정말 맛있었어요!

아, 정말요?
고마워요.

양갱을 마음에
들어 했다는 것뿐.

※ 참고해서 읽어주세요

천천히

"가서 잘 안 되면 어쩔 테니?"

"그거야 모르죠."

"너는 그걸 모르고
　가면 어떡하니?"

"실패할 거라고 생각하고
　시작하긴 싫어요."

공부를 더 하고
싶었는데

영어권은 비용을
감당할 수 없을 것 같았고,

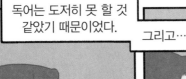독어는 도저히 못 할 것
같았기 때문이었다.

그리고…

경선아.

교수님이 그러셨는데,
너 유학 생각 중이라며?

내가 프랑스에
알아봐 둔 학교 있는데
같이 준비해 볼래?

헐 나야
좋지!

그래서 프랑스의 예술 학교에
포트폴리오를 보냈는데
덜컥 붙어버렸다.

예 이!

얘는 프랑스어가 얼마나 어려운지 아니?

무슨 대학을 졸업하고 또 공부를 하겠다고 해.

동생도 고등학생이고 언제 느이 엄마 호강시켜주려고 그러니?

일을 할 생각을 해야지.

제가 모은 돈도 있고, 학교도 합격 했으니까—

그걸로 1년이라도 다녀올래요.

에휴… 가서 잘 안 되면 어쩔 테니?

그거야 모르죠.

너는 그걸 모르고 가면 어떡하니?

모르겠어요 하면 끝이야?

실패할 거라고 생각하고 시작하긴 싫어요.

말이나 못 하면…

너 하고 싶은 대로 하거라.

…뭐 어쨌든
프랑스어는 어려웠다.

헐,
비 오잖아.

…
젠장 겉창*은
왜 망가져 가지고.

*프랑스는 창문에 겉창(볼레, volet)이 달려 있다.

띵!

안녕.

안녕.

오늘 뷔왜요.

네?

오늘…
뷔 왜 여?

네…?

비…?

…아!
아, 비 와 요?

네! 비 와 요!

아 고마워요.
전 괜찮아요.

친절하시네요.

아 네에.

한국에서 받았던
프랑스어 수업은

저… 그게…

거의 쓸모가 없는
수준이었다.

응?
뭐라고?

어? 못 들었어.

다시 말해 볼래?

창피해
창피해!

아무도 내 프랑스어 발음을
알아듣지 못했기 때문이다.

맞아! 한국어도 한국에
오니까 훨씬 어려워.

나도 한국이 좋아서 왔지만, 실제로 어떤지는 전혀 몰랐어.

길에서 남자들이
러샤～ 러샤～ 하고…

러샤?

응. 러시아
사람이라고.

?????

아무튼 나도
너처럼, 아－

나도 경선처럼
한국어 잘하고 싶어.

지금 완전 잘했는데?
발음이 엄청 좋아.

근데 부끄러워하지 말고
아무렇게나 막 말해도 돼.

나도 내가 지금 맞게 말을 하는 걸까? 하고 생각하다가
대화를 놓치는 경우가 많았어.

틀려도 괜찮아. 외국인인데 당연하지.

맞아요!
정말이야!

…뭐, 이렇게
생각하게 되기가
쉽진 않았지.

안녕?

안녕.

오, 너 정말 잘 그린다.
무슨 물감 쓰는 거야?

어… 한국에서
산 거야.

아 너 한국 사람이니?
스타일 정말 멋지다!

고마워.

헐,
나 프랑스어
잘하는데?

줄리.
아까 교수님이 내일까지
하라고 했던 과제 말이야.
그거 무슨 소리였어?

아, 그거.

나도 그거
잘 못 알아
들었는데…

－저기.

천천히 말해줄래?
나도 그거 알고 싶어.

응?
아아…

물론이지.
프랑스어 어렵지?

미안해.
다시 천천히
말해줄게.

…응.

고마워.

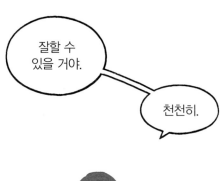

편견 없는 사람들

"아빠, 저 사람
　어느 나라 사람이야?"

"응? 무슨 나라 사람이야?"

"프랑스 사람이야."

저기요.

네?

여기 메르시에 길이 어딘가요?

?? ??? ???

아… 어… 몰, 모르는데요…

아, 하하. 고마워요.

네에…

?? ?? ??? ?

99

프랑스에 간 지 얼마 안 되었을 때부터
참 많은 사람들이 내게 길을 물어봤다.

…왜 나한테
길을 물어보지?

누가 봐도 외국인
같아 보이지 않나?

물론 내가 대답을
하는 순간,

아, 잠시만요.
검색해 볼게요.

앗, 고마워요.

외국인이었네.

하겠지만.

이럴 때 보면
참 편견 없는
사람들이란 말이야.

우리나라였으면
'외국인' 같아 보이는 사람에겐
아무도 말 안 걸 것 같은데.

'외국인'…

뭐, 프랑스어를
배우는 입장에선,

다들 프랑스어로만
말을 걸어주니 좋은
걸지도 모르겠네.

아빠, 저 사람
어느 나라 사람이야?

쳐다보지 마.

응? 무슨 나라
사람이야?

프랑스 사람이야.

!

…거참,
부담스럽네.

긁적…

오 초밥!

구려 보이는데… 얼마지?

엄마, 스시는 어느 나라 음식이야?

중국…

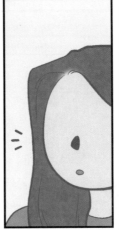

아, 아시아 음식…?

으쓱 —

'외국인'은 아닐지도 모르지만, 어쨌든 '아시아인' 이라는 건가?

SuS

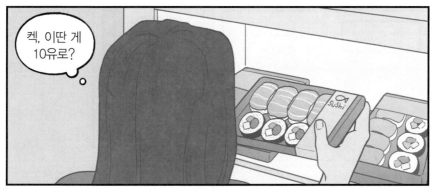

켁, 이딴 게 10유로?

불쌍한 불국인들… 이런 걸 초밥이라고 좋아하다니.

사실 그렇게 안쓰럽진 않지만…

크흡!

…이거라도 먹고 싶다 —

…너무 비싸 —

꼬르륵…

푸핫!
뭐어?!

너한테 길을
물어봐?

아하하하하!

진짜야!

나도 이유는
모르겠지만…

그거,

'친절한 아시아 여자애'처럼
보여서 그런 거 아냐?

그런 거였나!

어쩐지 요즘은
안 물어보더라!

흰 벽

그냥 나 혼자 있을 때
불러도 될 줄 알았어.
괜찮을 줄 알았어…

어느 날 망가진 겉창을
더는 견딜 수 없게 되었다.

턱
턱‥

흠…

안 된 지 2주
됐어요.

아이고
저런…

너무
추워요.

근데 저도 본사에 연락을 했는데 그쪽에서 수리를 보내준다는 대답이 안 와요.

아직도요?

제 맘대로 사람을 부를 수가 없거든요.

그럼 그냥 제가 제 돈으로 부르면 안 되나요?

그래도 되는데… 일단 연락을 좀 더 기다려봐요.

근데 너무 춥고,

너무 어둡고─

너무 어두워요.

진짜 너무너무 춥고

햇빛도 안 들어오고 등도 어두워서…

아 등이요?

그러면 제가 등을 하나 더 드릴게요.

띵!

어느 나라 사람이에요?

네?

아, 한국 사람이요.

아하.

...

짜잔!

와 진짜 감사합니다.

손 좀 씻을게요.

네 아, 화장실 저쪽이에요.

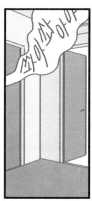

쿵!

어 저기… 돈 얼마나 드리면 돼요?

괜찮아요, 돈 안 내도 됩니다.

네? 정말요? 왜요?

아가씨가
서비스를 좀 해주면
돈 안 내도 되는데.

네?!

옆에
앉아봐요.

아 저기요,
돈 낼게요.

제발
나가주세요.

왜 돈을
내려고 해요?

이렇게
예쁘신데.

아 저기요, 제발요.

나가주세요.

돈 내고 싶어요.

왜요?

제발요, 제발요,

나가주세요.

참 나.

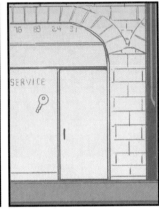

30유로요.

그래요, 그럼 학교에서 봐요.

네…

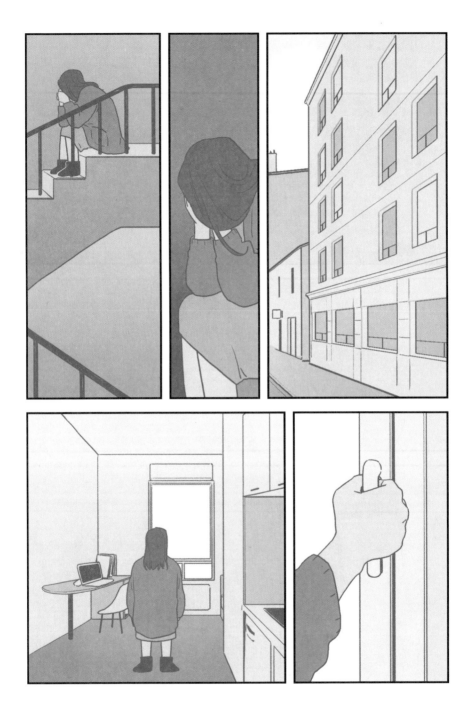

진짜로?!

다음에 또 사람 부를 일 있으면 나 불러…

에휴, 내가 오늘 마트에 간 바람에…

아냐, 언니 때문이 아니고…

그냥 나 혼자서 불러도 될 줄 알았어…

응…

그래서 그냥 혼자 방에 있기 싫어서…

잘했어, 잘했어.

이제 괜찮아…

개새끼들… 망해라.

뭐라고?!?!?!

?!?!?!

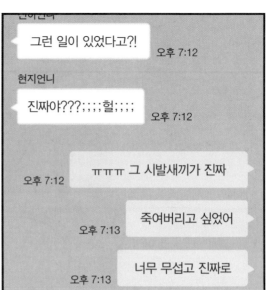

그런 일이 있었다고?!
오후 7:12

현지언니
진짜야???;;;;헐;;;;
오후 7:12

오후 7:12
ㅠㅠㅠ 그 시발새끼가 진짜

오후 7:13
죽여버리고 싶었어

오후 7:13
너무 무섭고 진짜로

제발 나가달라고
사정했는데

팔을 잡는 거야
ㅠㅠㅠㅠㅠ

진짜로????

헉… 낮에?

대낮에…

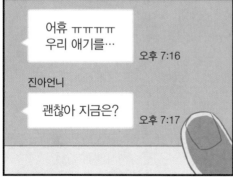

어휴 ㅠㅠㅠㅠ
우리 애기를…
오후 7:16

진아언니
괜찮아 지금은?
오후 7:17

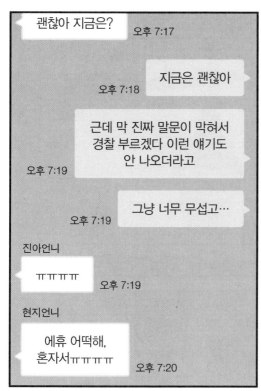

괜찮아 지금은?
오후 7:17

지금은 괜찮아
오후 7:18

근데 막 진짜 말문이 막혀서 경찰 부르겠다 이런 얘기도 안 나오더라고
오후 7:19

그냥 너무 무섭고…
오후 7:19

진아언니
ㅠㅠㅠㅠ
오후 7:19

현지언니
에휴 어떡해, 혼자서ㅠㅠㅠㅠ
오후 7:20

아까는 너무 화가 나서 막 물건도 던지고 난리 치고 싶었는데

할 수 있는 게 없었어. 뭐라도 망가지면 물어내야 되고…

근데, 나도 모르게

점토??

대충 이렇게 때우고…

응… 점토랑… 아크릴 물감…

아 – 웃으면 안 되는데

오 완전 감쪽같아.

나갈 때 보증금에서 돈 떼 가면 어떡해…

ㅋㅋㅋㅋ…ㅋㅋㅋ

ㅋㅋㅋㅋㅋㅋ ㅋㅋㅋㅋㅋㅋ

…

이 이야기는
고장 난 창문을 고친,

소소한 이야기가
될 수도 있었을 것이다.

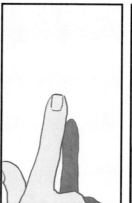

하지만
프랑스에서의
생활은

물컹

예상대로
되는 법이
없었다.

아…

아직도
안 말랐네.

※ 참고해서 읽어주세요

한 잔의 커피

늦게 집에 돌아가지
말아야 했을까?

집에 혼자 있지
말았어야 했을까?

친절하지
말았어야 했을까?

씨익-

※지하철에서 모르는 아기랑
눈 마주쳤을 때 짓는 표정

커피 한 잔 주세요.
얼마예요?

저분이
내셨어요.

네?

아…

오 예쁜이~
귀엽다!

니하오!

시간 있어?

늦게 집에 돌아가지
말아야 했을까?

...

집에 혼자 있지
말았어야 했을까?

저기요,
길 좀 물어볼게요.

네.

근데 혹시
몸도 파나요?

친절하지
말았어야 했을까?

한 잔의 커피로 이 모든 자책이
사라진다면 얼마나 좋을까.

그 일이 있은 뒤,

언니와 나는 새로운
규칙을 만들어야 했다.

－낯선 사람이 올 일이 있으면
혼자 있지 말고 꼭 서로를 부르기.

자취를 해 본 여자로서
그 정도는 알았어야 했는지도 모르지만,

유학 간다고?
외국에서 혼자
어떻게 살아?

외국은
처음이지만,

혼자서는
살아 봤으니까,
괜찮겠지.

뭐, 사는 게 다
똑같지 않겠어?

어떤 이유에서인지 프랑스는 다를 줄 알았던 모양이다.

아니, 다르길 바랐기에 프랑스에 왔다.

밖에 나갈 때마다 캣콜링과 차별을 당하면서도

니하오!

야, 중국인!

이리 와 봐.

뽀뽀 좀 하자.

어떤 상식을 기대한 것은, 내가 너무나 '순진한' 탓인가.

그 당시에도 그 후로도
떨쳐내기 어려운 생각이었지만

지금은 그렇지 않다는 걸 알고 있다.

"그러니까 조심했어야지."가
당연한 것이 아니고,

그런 일은 일어나지 않는 것이
보통인 세상에서 살고 싶은 탓이다.

하지만 일단,

…미안해.

됐어.

넌
차단이야.

비영어권 외국인으로서 좋을 때.

※아시안 여성이라서 좋을 때는 딱히 없다.

외국인 친구

내가 '한국인'이기 때문에
누군가가 나와
친구 하고 싶어하는 것은
처음 겪는 일이었다.

149

안녕하세요!

우와…

한국어로
얘기하니까
알았어요.

헉, 그렇구나.
한국어 배웠어요?

완전
잘하세요!

집에서 혼자
공부했어요.

태양♡

빅뱅 좋아해서,
어쩌다 보니 −

혼자요???

혼자 공부했는데
이렇게
잘한다고요?

진짜 발음이
너무 좋아요!

와… 너무
잘하신다.

아유,
아니에요.
고맙습니다.

프랑스 언제
왔어요?

두 달
됐어요!

♪ ♪ 〝 열차 문이 닫힙니다 ♪

프랑스어 어렵죠? 힘내요.

헉… 네… 감사합니다.

다시 들어도 너무나 완벽한 발음.

고마워요…

천재?

사랑의 힘인가 봐…

그렇구나, 사랑의 힘…

그 뒤로 우리도 '사랑의 힘'을 내보려 했지만
언니와 나는 프랑스에서 그림 말고는 좋아하는 게 없었다.

케밥 먹으러 갈래?

헐, 콜!

저기요!

안녕하세요!

헉, 또?

K국 무슨 일이야?

내 이름은 미아입니다!

진희예요.

경선 이에요.

153

며칠 뒤, 우리는 미아와 미아의 엄마를 만났다.
두 사람 모두 한국 드라마를 좋아한다고 했다.

미아는 프랑스어 자막이 달린 한국 드라마를
볼 수 있는 사이트를 알려주었고,

좋아하는 가수나 배우에 대해 이야기했다.

물론 언니랑 나는 하나도 아는 게
없었고, 솔직히 별로 관심도 없었다.

재밌겠다!
꼭 볼게!

우와!

그래도 최선을 다해
맞장구를 치긴 했다.

내가 '한국인'이기 때문에 누군가가 나와 친구 하고 싶어하는 것은 처음 겪는 일이었다. 우리는 그 애에게 '외국인 친구'였던 것이다.

심지어 난 '훌륭한 한국인'도 아니었다.

사실… 난 한국 드라마 잘 안 봐서 –

아이돌도 잘 몰라 – 미안…

사실 나도…

아! 괜찮아!

괜찮아!

내 마음이 안 괜찮은걸…

잘가!

…

힘들었다…

응, 배고파.

케밥 먹자!

당장 가자!

※케밥 최고

윗동네에 있는 데로 가자!

그래!

…좋은 사람이었다, 그치?

응, 착해.

언어 교환을 통해 친구를
만난 적도 있긴 했다.

그럼 한글부터
배워볼까?

가 가 나 나 다 다 라 라

와, 잘한다!

나 이제
한글 알아요!

이제 프랑스어
공부할까?

그래!

프랑스어는 뭘 공부하고 싶어?

어… 그…

대화가 어려워서…

그럼 그냥 대화나 할까?

응응.

…그래 가지고, 완전 짱나는 거지.

걔가 사실 내 친구의 전남친이었는데,

근데 그 또라이가…

아아… 정말?

응응.

아… 반은 못 알아듣겠어.

미안, 미안. 내가 너무 말이 많았지?

아, 아냐. 근데 거의 못 알아들었어.

정말?

이 드라마 봤어요?

K-pop 많이 들어요!

한국 좋아해요!

그 애들을 '외국인 친구'로 여길 수 있었지만, 그러지 않기로 했다.

미안…! 좋아하는 게 하나도 없어!

김치도 안 챙겨 먹어…! 화장품 X벤느 써…!

누군가의 외국인 친구가 되는 건 너무 지치는 일이었으니까.

난 왜 외향적이지 않을까?

맞장구 좀 쳐주는 게 뭐가 어렵다고…

하지만 그럼 진짜 친구가 아니잖아?

난 왜 이렇게 쓸데없이 생각이 많지?

빈 병

…싫다!
외롭다고 생각하기
싫다!

외로운 것
아니다!

프랑스에 오기 전, 해외에 나오는 것이 처음이라 설레었을 뿐, 프랑스에 대한 로망은 딱히 없었는데,

프랑스…

유학…

딱 한 가지 기대했던 것이 있었다.

음?

와인의 나라!

- 와인이 정말 싸요.

아무거나 골라도 다 맛있고…

프랑스에서 살기!
32 days

그래서, 프랑스에 오자마자 동네 마트의 와인 코너로 향했다.

헉…

침착하게 일단 싼 것부터 사보자…

어쩐지 예뻐 보이는(?) 3유로짜리.

소둥♡

룰루 ♪ 룰루

랄라 ♪ 랄라 ♪

나름 이날을 위해 준비한 이케아 와인 잔.

꼴꼴꼴

더럽게 맛이 없었다.

다 맛있다더니…
긍정적인
사람들 같으니…

※5유로 밑으로 사지 마세요.

너무 맛이 없어서 병나발을 불었다.

이거는
용서가 안 돼.

꿀꺽
꿀꺽

빨리 없애고
새로 사야 돼.

유럽은 맥주도 너무 맛있다.

맥주를 싫어했는데,

맥주는
말아먹는 용
아닌가요?

라이더 =3

아니었네!

그냥 한국 맥주가
맛이 없었던 것이다.

올리브와 치즈가 너무 맛있어서
따로 안주를 만들 필요도 없었다.

싱싱한 올리브,
짭짤한 올리브,

말랑한 치즈,
딱딱한 치즈,

푸른 올리브,
붉은 올리브,
검은 올리브,

염소 치즈,
양 치즈…

169

이게 사는 맛이지~!

집에서 혼자 마시는 진정한 술꾼.

이 사람은 이제 알쓰*가 되었다.

*알코올 들어가면 쓰레기

그 언니 꼴라 되면 진짜…

뽀뽀만 좀 안 해줬으면…

옛날부터 그랬어, 요즘 알쓰라는 거 구라야.

※…눈 원래 안 그리잖아?

흐아암~

...

집에 빈 병이 너무 많이 쌓이곤 했다.

주섬
주섬

유리는 큰길에 있는 수거함에 버려야 해서 모아뒀다가 한꺼번에 버렸기 때문이다.

…많이 마시기도 했고.

그즈음 나는 여전히
친구가 없었고

일찍
왔네?

응,
왔어?

진희 언니 말고 다른 학교 사람들과는 인사만 하는 정도였다.

안녕!

안녕~

안녕!

내일 봐!

아무리 공부를 하며
시간을 보내도,

언니, 뭐해?
같이…

아…
언니 술
안 마시지.

하루가 끝날 즈음엔,

…싫다!
외롭다고 생각하기
싫다!

외로운 것
아니다!

하긴, 매일 연락하기
애매하잖아, 시차 때문에.

난 지금 출근해ㅠㅠ
거긴 몇 시야?

2시…

헉 낼 학교 안 가?

가지…

트위터라도 해 봐.

SNS 싫은데…

인스타에 사진도 좀 올리고.

사진 찍을 만한 일이 없어 ㅠㅠ

주륵…

그냥 뭐하고 사는지 구경이나 하자.

프랑스에 살면서 어떻게 아무것도 안 하냐?

…

지금 세계 곳곳에서 무슨 일이 일어나고 있는지 확인하세요.

지금 트위터에 가입하세요.

가입하기

로그인

떡볶이

우린 서로에게
의지하지 않으려고
노력하고 있었다.

그것이
'어른스러운' 일인 것
같았다.

정말…
잘 먹었어,
고마워.

다음엔 우리가
집에 초대할게.

우와!

정말?!

훠궈라니

우린 대체 뭘
해줘야 되지?

…역시

그것밖에
없나 –

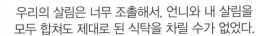
우리의 살림은 너무 조촐해서, 언니와 내 살림을
모두 합쳐도 제대로 된 식탁을 차릴 수가 없었다.

그래도 우리가 차린 음식이 그럭저럭 괜찮았던지,

중국 친구들이 돌아가며
우릴 초대하기 시작했다.

에이, 신경 쓰지 마.

떡볶이 해주면 돼.

걔네 집 좋지? 옌은 원래 부자야.

으응…

그런데, 우리 중에서 대니가 제일 부자야.

대니? 아아…

그거 제법 TMI···

그 학교에 잘 안 나오는 애?

안녕!

아, 안녕! 오랜만이네.

지난주에 어디 아팠어?

아니? 그냥.

헉, 너무 많이 빠져서 진급 못 하면 어떻게 해?

아, 괜찮아, 그럼 독일로 갈래.

…그러더라고.

응, 걔야.

근데 나는 부자 아니야! 내가 제일 가난해!

으응…

하지만 린링도 장 보며 가격 따윈 보지 않았다.

애들이 초대해주고 그런 건 고마운데,

부담스럽기도 한 것 같아.

난 또 뭘 해줘야 하나 고민되고…

떡볶이도 한두 번이지…

그 당시 우리 반에서 언니와 내가 거의 모든 과목의 1, 2등을 다투고 있었는데도,

우린 여유가 전혀 없었다.

심지어 그걸 당연하게 여기기도 했다.

미술 공부 했었으니까. 당연하지.

프랑스어도 더 잘하지만, 당연하지.

중국 애들은 학교에 중국인 교수님도 계시니까…

게다가 우린 서로에게 의지하지 않으려고 노력하고 있었다.

그것이 '어른스러운' 일인 것 같았다.

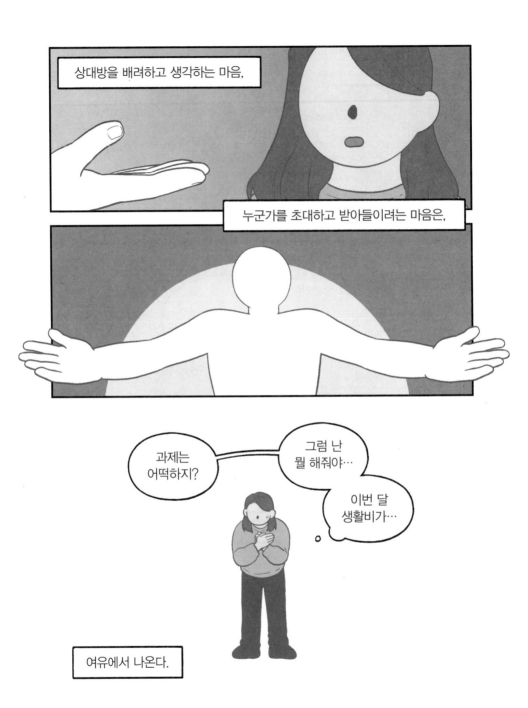

우리가 만든 음식을 먹으면서 그 애들은,
"다음엔 우리가 뭘 또 해줘야 하지?"란 생각을 했을지 궁금하다.

아마 그러지 않았을 것이다.

그 애들은 그저 친구가 되고 싶었던
거라는 걸, 이제는 안다.

그래,
부담스럽게
생각하지 말고

다음엔
김밥이나…
아니면…

경선아, 안녕!

아, 안녕!

방학 때 한국 가?

아, 아니.
진희는 한국 가!

아, 그렇구나! 그럼
우리랑 스위스 갈래?

스위스?

응! 린링이랑 우린
스위스 갈 거야.

다른 애들은
이탈리아를 갔다가…

아…

우리랑 같이 가자!

아, 난…

…

레미제라블

내 탓이다. 내 탓이다.
모두 내 탓이다.

내가 아무도 강요하지 않은
유학을 선택했고,

내가 혼자 알아서
할 수 있다고 고집부렸고,

내가 가족들의
희생을 강요했다.
모두 내 탓이다.

겨울 방학이 되고, 나는 감기에 걸렸다.

한국인은 아프면 라면을 먹어야 한다.

라면만 먹었다.

매일…

너무 추워 책상에 앉아 있을 수가 없어서 가구 배치를 바꿨다.

해가 드문 유럽의 겨울은 뼛속부터 어는 것 같았다.

밝은 날, 개똥 널린 풀밭에 드러눕는 유럽인의 심정을 알게 되었다.

귀국하는 유학생에게 중고 전기장판을 샀다.

어으…

이제야 좀 살겠다…

핫 쓰바…

왜 이렇게 뜨거워?

고장 나 있었다.

언니는 한국에 갔고,

그래도 어떻게든 써야지, 얼어 죽겠다…

일단 껐다가

추우면 켜야지…

중국 친구들도 다 어디론가 가버렸다.

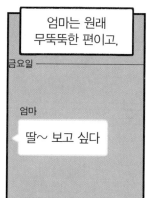

엄마는 원래
무뚝뚝한 편이고,

금요일

엄마

딸~ 보고 싶다

어, 엄마!

어어, 왜?
엄마 드라마 봐.

그럼 끊어?

어어,
카톡 해!

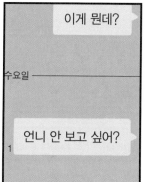

이게 뭔데?

수요일

언니 안 보고 싶어?

보지도
않았네…

고3인 동생은 거의
연락이 안 됐다.

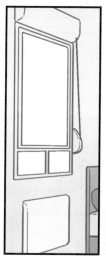

앞으로 더 많이 못 볼 텐데,
벌써 보고 싶으면 어떡해.

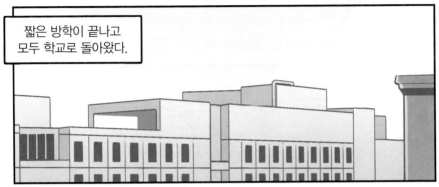

짧은 방학이 끝나고
모두 학교로 돌아왔다.

경선아!
잘 있었지?

어어…
왔어?

나야 뭐…

이따 봐.

어?
그래.

경선아, 안녕.

아, 페이. 안녕.

잘 지냈어?

응, 너는?

응, 좋아.

…

주말에 바빠?

아… 왜?

우리 집에서 점심 먹을래?

아…

뭐라고 거절하지…

너 혼자 와.

응…?

201

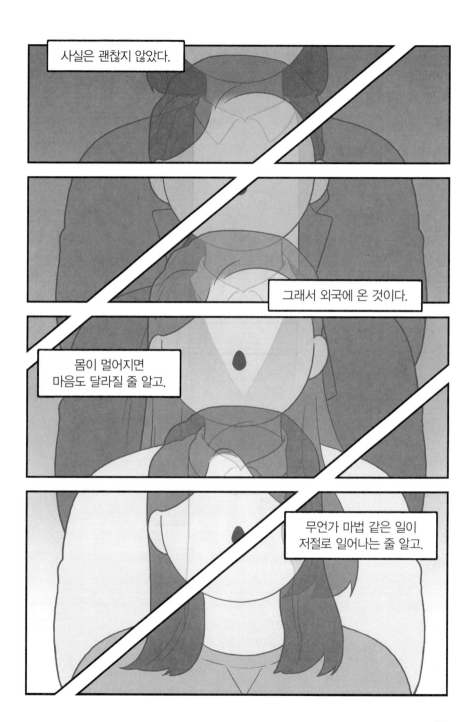

그 후로 프랑스를 떠날 때까지
많은 힘이 되어준 친구이자
지혜로운 언니, 페이에게.

어떤 선택

내가 생각은
어른처럼 하는데,
말은 어린아이처럼 하잖아.

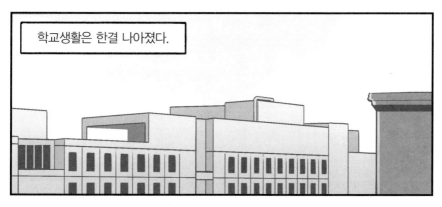

학교생활은 한결 나아졌다.

안녕.

안녕,
주말 잘 보냈어?

마음을 좀 더 열게 되었고,
수업도 어느 정도 재미있었다.

안녕하세요.

안녕하세요.

자, 오늘은…

???

입시 미술을 했기 때문에,

어떻게
하라는 거지?

아… 시범
보여주시네.

프랑스어를 잘 알아듣지
못해도 어렵지 않았다.

아는 거네…

오히려 말을 할 필요가 거의 없어서,
조금 지루하게 느껴지기도 했다.

…다양한 구도를 응용해서 한 가지씩 —

투시법…

…역시 못 알아듣겠지만, 할 줄 아니까…

아, 거의 다했네. 두 개 그려 볼래?

아, 네…

다음엔 그냥 천천히 그려야지.

집에 가고 싶다…

다 했어?

응. 언니도?

응, 집에 가고 싶다…

나도… 올해 안에 다점 투시 하려나?

아닐 듯…

조소는 아침 일찍 시작해서 저녁 늦게 끝나고,
내내 서서 작업해야 했지만,

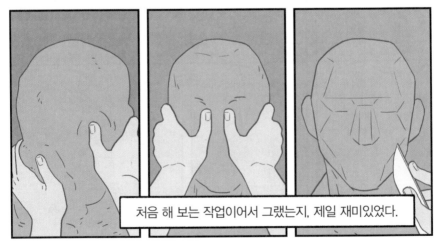

처음 해 보는 작업이어서 그랬는지, 제일 재미있었다.

캠퍼스 사람들의 나이대는 다양했고 외모는 낯설어

학생과 교수를 구분하기 어려웠는데

학생이었네…

교수님이야?

…그럴 수도 있지!

그것도 점차 적응했다.

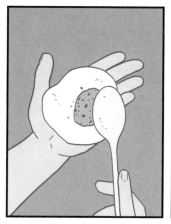

중국 친구들은 여전히
우릴 자주 초대했고

좋은 친구가 되어주었다.

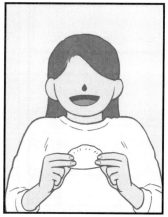

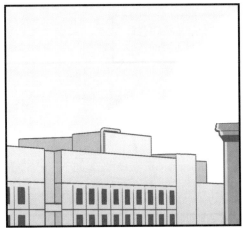

원고가 좋은데.

아, 감사합니다.

그런데 대사를 조금 자연스럽게…

이렇게…

아…

감사합니다. 프랑스어를 잘 못 해서…

괜찮아.

한국에서 미술 공부했니?

네, 대학교 졸업했어요.

그래? 한국이랑 여기랑 다르니?

여기 수업은 맘에 들어?

네, 크로키랑 조소 수업이
자주 있어서 좋아요.
그런데 나머지 수업은
한국 대학교랑 비슷해요.

흠, 그렇구나.
나중엔 뭘 하고 싶어?

난 항상 이야기를 하는
사람이 되고 싶었다.

하지만 내가 프랑스어로 이야기를 할 수 있게 되려면
아주 많은 시간이 필요하겠다 싶은 참이었다.

미술 수업도 한국 학교랑 거의 비슷하고 해서 -

프랑스어로 아예 다른 공부를 해 보는 것도 좋지 않을까 해요.

인문학 쪽으로?

네, 뭐 미술사나… 다른 공부도 해 보고 싶어요. 아주 오랫동안 그림만 그렸거든요.

그래… 넌 이미 잘 그리니까, 다른 공부를 해 보는 것도 좋겠다.

앗, 감사…

하지만,

어떤 선택을 하더라도, 그림은 계속 그려.

아…

네, 그럴게요.

그래서 그러기로 했다.
그림은 계속 그리기로.

앞으로 어떤 선택을 하더라도.

내일은 새로운 날

나는 이사만을
생각하기로 했다.

새집으로 가기만 하면
모든 것이
새로워질 것처럼.

그렇게 겨울이 지나갔다.

친구들에게 다음 학기는
등록하지 않을 것이라고 말했다.

페이도 중국으로
돌아간다고 했다.

우리는 헤어질 때까지 따뜻해진
날씨를 즐기기로 했다.

피크닉도 자주 가고,

서로의 집을 종종 왕래했다.

학기가 끝나고, 나는 어학원에 등록하기로 했다.

우와…
한국 사람
짱 많다.

그동안
진희 언니
뿐이었는데…

아, 안녕하세요.
등록하려는데…

레벨 시험
봤나요?

- 네?
아뇨.

이 날짜 중에서
골라보세요.

등록은 시험
보고 하시고요.

아, 네…

시험…!

시험을 보는군…

공부를 해야 하나… 아니면 실력 그대로 해야…

띵!

메일이―

어?

어어…?

?!

228

아니, 근데 이런 걸 어떻게 이렇게 갑자기 알려줘?!

벌떡!

내 말이!

아오 화나!! 프랑스 놈들!

다행히 가능한 다른 숙소로 직접 연결해줄 테니 마음에 드는 곳을 고르라는 답장이 왔다.

휴…

그나마 다행이다…

언니랑 나는 이번에도 같은 건물을 골랐다.

쫓겨나듯 이사를 가게 되었지만,

발코니도 있다!

좀 더 넓은가?

식탁이랑 책상이랑 따로 있어!

관리인도 여자분이고…

막상 새 방을 보니 제법 맘에 들었다.

어때요, 방은 마음에 들어요?

네, 좋아요!

중국 친구들이 알려준 덕분에
무사히 이사도 마칠 수 있었다.

비어 있는 방을 보니 기분이 이상했다.

털썩

겉창 속에는 부품이 부러져 있고,

저 벽 어딘가에 아직도 마르지 않은 점토가 붙어 있지만,

이 방은 전혀 달라진 것 같지 않았다.

나는 한국에 있는 절친한, 절친했던 친구들과 더 이상 매일 연락하지 않았다.

사이가 좋았던 동생과도 마찬가지다.

나는 이사만을
생각하기로 했다.

새집으로 가기만 하면
모든 것이 새로워질 것처럼.

※ 참고해서 읽어주세요

라비앙 로즈 1

파리를 가야겠다고
생각한 이유는,

첫째, 루브르,

둘째, 오랑주리,

셋째는
"프랑스에 사는데
왜 파리에 안 가봤어?"
라는 말을 그만 듣고
싶었기 때문이다.

어학원이 시작하기까지 남는 시간이 생겼다.

프랑스에 1년 가까이 살고 있었지만
파리에는 가본 적이 없었던 터라,

파리에 일주일 놀러 가기로 했다.

SNCF

*프랑스 국유 철도

싼 거,
싼 거…

달칵

오!

유학생 사이트에서 내가 있었던 지역에
일주일 동안 볼일이 있는 사람을 찾아,

아싸,
돈 굳었다!

데스 티니★

숙소를 교환하기로 했다.

파리에 가야겠다고
생각한 이유는,

첫째, 루브르,

둘째, 오랑주리,

셋째는 "프랑스에 사는데 왜 파리에 안 가봤어?"
라는 말을 그만 듣고 싶었기 때문이다.

근데,

왜 파리에 안 가봤어?

…바빴어. 돈도 없고.

돈 있으니까 유학 간 거 아냐?

아니, 나는 불효녀다.

파리는 생각보단
날씨가 좋았고,

명성보단 덜 더러웠다.

루브르보다는 오르세가 좋았고,

오르세보다는 오랑주리가 더 좋았다.

여기서 살고 싶다…

풍피두도 엄청 좋다.

별생각 없었는데…

미술관 기념 동전도 하나씩 샀다.

미술관 다 좋았는데

같이 얘기할 사람이 없어서 좀 아쉽네 —

찰칵!

에펠탑은 뭐, 에펠탑이었다.

파리에서 가장 인상 깊었던 것은

이다지도 복잡하고 아름다운 도시라는 것과,

그럼에도 어떤 감흥도 느껴지지
않는다는 것이었다.

안녕하세요.

안녕하세요.

아…
한국인…

가족 여행
오셨나 보네.
부럽다.

원하는 게 뭐예요?
What do you want?

저 프랑스어해요.

아, 그렇군요!
정말 고마워요,
예쁜 아가씨!

이것도
너무
하잖아!

오빠
오빠…

헉…
너무해!

오리 요리 나왔습니다. 맛있게 드세요, 아가씨.

네 감사합니다.

제가 감사하죠.

아, 예…

찰칵

뽁뽁
뽁뽁

너무 익혔네… 퍽퍽하고…

양도 적고…

비싸ー

잘 가요, 아가씨!

좋은 하루 보내요!

아니, 너무하다고!

바텐더는 왜 나왔냐고!

친절… 하긴 한데…

기분이 별로야…

터덜
터덜…

오리야? 맛있어 보이네.
날씨는 어때? 재밌게 놀아.

어, 엄마.
응응, 좋아.

근데 유선이는
요즘 어때?
통 답장이 없네.

아…
그래?

병원?

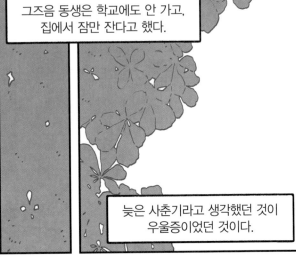

그즈음 동생은 학교에도 안 가고,
집에서 잠만 잔다고 했다.

늦은 사춘기라고 생각했던 것이
우울증이었던 것이다.

우울은 쉽게
전염된다고 한다.

그래서 동생이 그동안 내게
연락하지 않았던 걸지도 모르겠다.

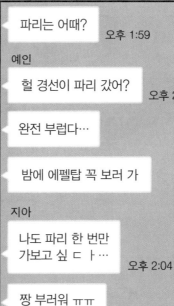

파리는 어때?　　오후 1:59

예인

헐 경선이 파리 갔어?　　오후 2

완전 부럽다…

밤에 에펠탑 꼭 보러 가

지아

나도 파리 한 번만
가보고 싶ㄷㅏ…　　오후 2:04

짱 부러워 ㅠㅠ

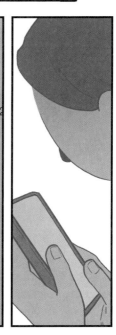

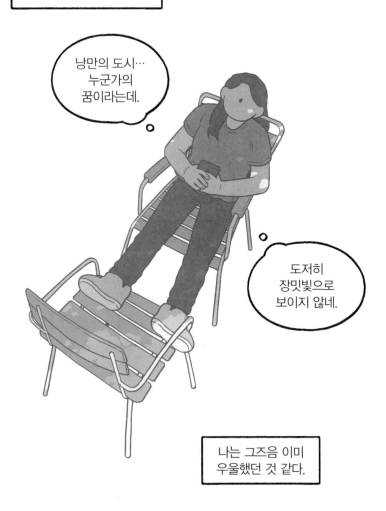

라비앙 로즈 2

언젠가 엄마가
이런 얘길 했다.

"나이가 들면
아주 슬픈 일도,
아주 기쁜 일도 없어진다."라고.

나는 그 말이
무척 슬프게 들렸다.

언제까지나 너무 슬프고,
너무 기쁘고 싶다고 생각했다.

사장이 알바한테 화도 못 내냐?! 소리도 못 질러?!

꼬박꼬박 말대꾸나 하고, 이게 진짜!

그럼 저 관둘래요. 사장 아니니까 소리 지르지 마요.

뭐?! 야! 너 어디가?!

관둔다고요, 아저씨.

누, 누나… 가요?

어, 나 간다.

타고난 성정이 불같고 예민한 탓에 억울한 일을 잘 참지 못했는데,

그래서 그냥 관뒀어?

어.

삑하면 그날이냐고 하는 것도 참았는데,

지가 잘못해놓고 소리 지르는 건 못 참아.

사장 놈 전화번호 좀 줘봐.

ㅡ그거 성희롱인 거 몰라요?

저 때부터 참지 말았어야 했는데…

그런 성격도 점점 무뎌지고 있었던 것 같다.

저기요, 아가씨 오르세가 어디죠?

아, 저쪽이에요. 저도 가는 길이니 따라오세요.

아, 정말 고마워요.

여기에 살고 있나요?

아뇨. 여행 중이에요.

그래요? 프랑스어를 참 잘하네요.

감사합니다.

혹시 혼자라면 저녁 식사나 같이 할래요?

네?!

이 근처 호텔에 근사한 식당이 있어요. 내가 사는 거니까, 부담 가지지 말고 −

진짜냐? 이런 할배까지?

…죄송합니다. 저녁에 친구랑 약속이 있어서요.

아… 아쉽네요.

X병.

센강,

별로 안 더러운데?

찰칵!

음, 레몬 맛. 존맛…

냠냠

여기 앉아도 되나요?

아, 예…

히죽 히죽

…

…으휴, 시X…

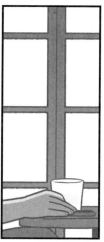

언젠가 엄마가 이런 얘길 했다.

"나이가 들면 아주 슬픈 일도, 아주 기쁜 일도 없어진다."라고.

나는 그 말이 무척 슬프게 들렸다.

언제까지나 너무 슬프고,

너무 기쁘고 싶다고 생각했다.

슬픈 것이 더 이상
슬프게 느껴지지 않아도,
기쁜 것을 생각해 보기로 한다.

차가운 사과주가 참 맛있고,
눈앞의 도시가 아름답고,

날은 맑고, 바람은 선선하다.

장밋빛 인생은 아닐지라도,

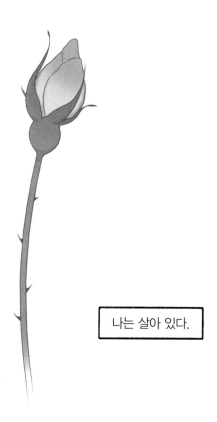

나는 살아 있다.

※ 참고해서 읽어주세요

한국어

프랑스어

기타
외국어

15살

나는 내가 더 이상
낯선 언어로
외국인과 얘기하면서
떨지 않는다는 걸
알게 되었다.

틀려도 속상하거나
부끄럽지 않았다.

한국 사람
더 많아졌네…

…왜 이렇게
어색하지?

한국 사람들은 이미 삼삼오오
친한 무리가 있는 듯했고,

3개월
단기 어학…

불문과
친구랑
같이…

다음 달에
파리로…

여기서 1년
살았다고요?

불문과
아니라고요?

네에…

근데 어학원은
처음이라고요?

뚜렷한 계획이 없는 건
나 혼자인 듯했다.

안녕.

안녕.

안녕.

혹시…

한국인
이에요.

아! 저도요.
전 경선이에요.

윤주예요.

나는 내가 더 이상 낯선 언어로 외국인과
얘기하면서 떨지 않는다는 걸 알게 되었다.

틀려도 속상하거나 부끄럽지 않았다.

난 외국인이다.
모르는 것이 당연하고,

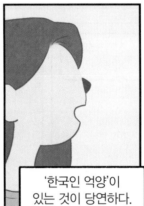
'한국인 억양'이
있는 것이 당연하다.

선생님이 내 이름을 발음하기
어려워하는 것처럼.

아,
마리…

며칠 전.

마리!

안녕.

학원 가는 거지?
같이 가자.

응, 안녕!

주말 잘 보냈어?

응, 너는?

응, 난 그냥
집에서…

카카오!

난 항상 운동을 잘하는 사람들이 부러웠는데,

사실 한 번도 시도한 적 없으면서 "난 못할 거야."라고 생각했다.

해 보면 잘할 수도 있었는데.

쿵!

해 봤더니 역시 못했지만,
그래도 재미있었다.

이제 더 이상 "아마 못할 거야."가 아니라
"해봤는데 못했어."라고 말할 수 있게 되었다.

고마워요.
재밌었어요.

넘어진 건
괜찮아요?

네! 하나도
안 아파요.

내일 봐요!

안녕!

잘 가요,
언니!

경선아.

오늘 같이 놀자고
해줘서 고마워.

응, 물론이지.

나 자신만의 냄비

혼자 생활하다 보면
스스로를 돌보는 일에
소원해진다.

혼자서 밥도 하고,
청소도 하고,
빨래도 하고,
공부도 하고,
숨도 쉬는데.

이사를 하면서 1유로짜리 냄비와 프라이팬을 버렸다.

싼 탓인지, 싸니까 대충 써서 그랬는지, 상태가 안 좋아 별로 챙기고 싶지 않았다.

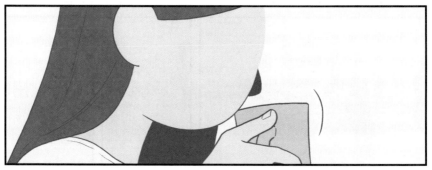

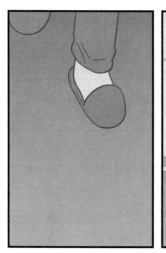

이사를 하고도 한동안
새 냄비를 사지 않았다.

밥은 빵이요,

국은
커피로다.

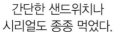

간단한 샌드위치나
시리얼도 종종 먹었다.

…그래도
이제 냄비는
좀 사야겠다.

전자레인지
커피라니…

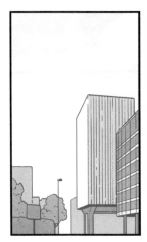

흠…

요리…
좋아했는데.

생각해 보니
요즘은 통…

얼마지?

30유로?!

추욱...

…30은 좀 그렇다.

그냥 1유로짜리 사자. 내가 뭘…

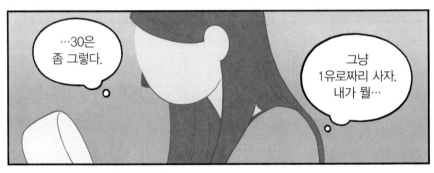

터덜... 터덜...

혼자 생활하다 보면 스스로를 돌보는 일에 소원해진다.

혼자서 밥도 하고, 청소도 하고, 빨래도 하고, 공부도 하고, 숨도 쉬는데.

마찬가지로 혼자 살다 보니,
냄비 하나로 모든 걸 다 했다.

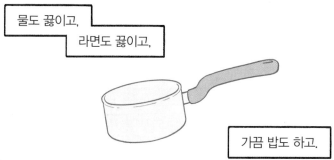

물도 끓이고,

라면도 끓이고,

가끔 밥도 하고.

그 모든 기능을 1유로에 산다는 것이
갑자기 터무니없다고 느껴졌다.

마트를 빙빙 돌며
한참을 고민하다가,

그 냄비를 사고, 큰 냄비도
싼 것으로 하나 더 샀다.

5유로 득템!

냄비 하나로 밥과 국을
동시에 할 수는 없으니까.

그러고 보니 라면이 아닌
국을 먹어본 지가 까마득했다.

김치찌개가 먹고 싶다.

김치찌개를 하려면 집에 가는 길에
아시안 마트에 들러 김치를 사고,

밥 없이 먹을 수 없으니 쌀도 사야 한다.

좀 귀찮아도 그러기로 하자.

두부도 넣고, 참치도 넣자.

학원도 잘 다니고, 친구도 잘 사귀고,
공부도 열심히 하고 있는데,

김치찌개 하나 못 해 먹을
이유가 뭐란 말인가.

이 모든 과정은
너무나 번거롭다.

아뜨

어차피 살기 위해 먹는 것을,
빵에 커피나 마셨으면 될 일이다.

하지만 가끔은 번거롭고
맛있는 밥을 먹자.

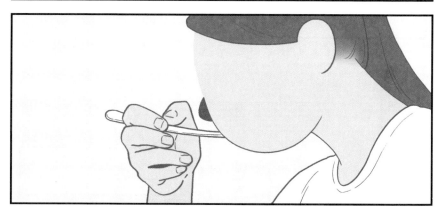

스터디 그룹

"프랑스에서는 아무도 '그냥' 술을 사지 않아.
내가 프랑스인인데?
조심해야 돼."

'뭘 조심하라는 거지?
매번 선불이라도 해야 되나?'

경선 언니!

어, 안녕, 은지야!

언니 혹시 오늘 저녁에 뭐해요?

아무 일도 없는데, 왜?

저랑 술 한잔하러 갈래요?

어? 그래.

나야 좋지!

아…

다음 주?

네, 일단 한국 돌아갔다가…

교환학생 신청하려고요.

아, 그럼 다른 동네로?

네!

모처럼 마음 맞는 친구였는데.

그래도 이렇게 금방 가버리니,

너무 아쉽다…

계속 연락할 거지?

그럼요!

주문 나왔습니다.

감사합니다.

299

뭐, 어쨌든… 아무 일도 없었어요.

그래도 조심해야 돼.

거 이상한 놈이네…

으 쓱

난 수업하러 간다~

네…

뭘 조심하라는 거지? 매번 선불이라도 해야 되나?

돈 내고 집적거리는 놈보다 안 그런 놈이 더 이상한 건가?

하여간 이상한 선생님이야…

경선 씨, 안녕하세요.

아, 준우 씨. 안녕하세요.

저기 혹시 스터디 그룹 하시나요?

다른 분들은 혹시 그런 거 하시나 하고…

음…

다른 사람들한테 같이 하자고 해 볼까요?

저야 좋죠!

경선 씨!

아, 언니!

언니, 여기는 준우 씨예요.

여기는 윤주 언니.

안녕하세요.

안녕하세요.

언니 혹시 스터디 그룹 하실래요? 준우 씨가 같이 하고 싶다는데…

어, 좋죠.

주말에 괜찮아? 남자친구 안 만나요?

※제발 설레어 하지 말아주세요.

남친 있어요? 프랑스인?

네.

오오…

이 X발 X같은 X끼가?

…아무튼 다음에 봅시다.

언니를 봐서 참자, X바…

저는 프랑스에 온 지 두 달 정도 됐는데, 두 분은요?

저는 이제 넉 달 정도 됐어요.

저는 한 1년 정도…

제일 어려운 부분이 뭐였어요? 아무래도 두 분 다 저보다 오래 계셨으니까…

음…

인종차별은 일상이고…

끄덕 끄덕

캣콜링 당하는 것…

끄덕 끄덕

캣콜링 이요?

어, 길에서 예쁘다 하고 뭐 그런 거요.

그리고 예전에 창문이 망가져서 사람을 불렀더니

서비스를 해주면 돈을 안 받겠다고…

어머, 뭐 그딴 놈이 다 있어?

와… 여자 분들은 더 조심 해야겠네요.

그런데 이런 말은 여자 분들이 듣기에 좀 그렇겠지만,

여성 분들이 민소매나 그런 파인 옷을 입으면,

아무래도 남자들은 그런 생각이 들 수밖에 없는 것 같아요.

뭐라고요?

준우 씨는 그럼 민소매 입은 여자를 보면 추행하고 싶나 봐요?

크흡!

※ 참고해서 읽어주세요

한국어

프랑스어

기타
외국어

다이어트 실패

프랑스에 오고 나서
오히려 내 마음대로
옷을 입게 되었다.

내가 아시아인이라는 걸
일깨워 주는 사람이
너무 많아서.
내가 날씬하지 않다는
사실은 잊혀졌기 때문이다.

한 달 후면 1년 만에 2주 동안 한국에 간다.

그 이상은 다음 프랑스어
시험에 지장이 있을까 걱정됐다.

…물론 비어 있을 방세와 학원비가
아까웠기 때문이기도 했다.

선물 사기
엄마 -
동생 -
이모

나는 다이어트에 집착하기 시작했다.

공부하면서 무슨 다이어트를 하려고 해. 신경 쓰지 마.

원래 신경 안 쓰고 있었는데…

…옷도 그냥 마음대로 입고…

그러고 보니 한국에서는 민소매를 거의 입지 않았다.

사람들이 볼까 봐,

이 팔뚝을 어떻게 하지?

그냥 내가 거울을 보기가 싫어서.

난 더위도 많이 타고 땀도 많이 나는데도,
'날씬해 보이는 것'이 더 중요하게 느껴졌다.

나도 민소매
입을 수 있었으면
좋겠다…

어우 더워…
겨드랑이에
땀 차…

근데 난
팔뚝이…

엄청 살쪄
보일 거야…

난 항상 아주 밝은 곳에
서기엔 조금 우울했다.

집에 가서 맛있는 거나 해 먹자.

가는 길에 디저트도 사야지.

프랑스에 맛있는 거 빼면 남는 게 뭐냐?

그렇게 내 마음대로 살다 보니, 내 통통한 팔뚝이 보기 싫지 않았다.

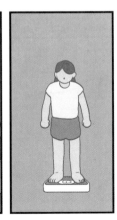

단기 다이어트는
당연히 실패했고,

생각보다 아무렇지도 않았다.

Bleu

이 얘기는 사실 거의
아무에게도 하지 않았다.

내가 사랑하는 사람들이
나를 비난하게 될까 봐.

그래서 나도
내가 잘못하지 않은 일로
나 자신을 싫어하게 될까 봐.

안녕하세요!

한국인이죠?

아, 네.

사실 인사밖에 할 줄 몰라요.

K국 정말…

한국어 너무 어려워요. 혹시 언어 교환할래요?

아, 예. 그래요.

키 짱 크다…

번호 알려줘요.

한국어 배우고 싶다는 남자,

…사실 우리 부모님이
옛날에 이혼해서,
난 엄마를 본 적이 없어.

아, 그래…?

어쩌라는
거지.

너한테 왜 이런 얘기를
하는지 모르겠네.

으응.

첫 만남에 불행한
가정사를 늘어놓는 남자,

나 좋은 냄새 나지?

어, 그러네.

나 자주 씻거든!

서양 사람들
냄새나잖아.

…그게
비결이긴
하지.

팀킬을
하네.

사사건건 칭찬을
바라는 남자,

코도 작고,

눈도 정말 작고…

※편집부 인증 왕눈이 작가님

…내가?

머리카락도 정말 까맣다.

넌 너무 다정하고 착해.

…내가?

넌 가끔 너무 연약하고 쓰러질 것 같아.

그러면 내가 옆에서 잡아줄게.

어?

나랑 진지하게 얘기 좀 해.

아, 그래…

나 차이는 건가?

다행이다…

여기서 말고, 집에 가서.

아…

…그래.

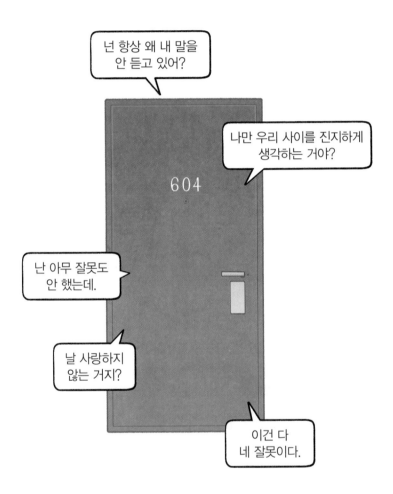

이 얘기는 사실 거의
아무에게도 하지 않았다.

어쩜 그렇게
남자 보는 눈이
없어?

그러게
공부나 하지.

무슨 남자를
만나고 다녀?

내가 사랑하는 사람들이
나를 비난하게 될까 봐.
그래서 나도 내가 잘못하지 않은
일로 나 자신을 싫어하게 될까 봐.

1년 만에 한국으로 돌아가기 전날에 그 애에게 헤어지자고 말했다.

쾅!!

그러니까, 그 일이 있은 후 몇 번인가 그 애를 더 만났다.

짧게나마 한국으로 돌아가는 날만을 기다리며, 겁쟁이처럼.

하지만 언제나 용감해야만 살아남는 건 아니다.

※ 참고해서 읽어주세요

집으로

집으로 가고 싶었다.
웃을 필요 없고,
아무 말도 할 필요 없는

내 집.

집으로 가기 전날 밤,
한숨도 자지 못했다.

그 애가 화를 내고 간
내 방은 엉망이었고,

나도 엉망이었다.

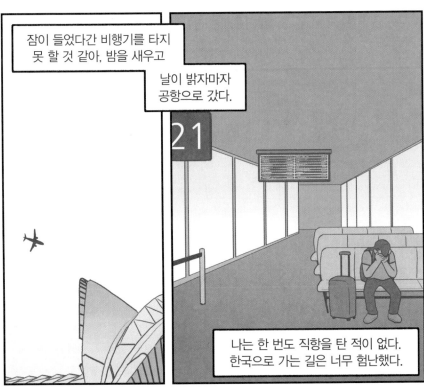

한국에 도착하자마자 다 때려치우고
싶다고 울지 않을 각오를 다져야 했다.

남자 하나 때문에 다시 프랑스로
가기 싫다고 할 수는 없었다.

그렇게 나약해질
수는 없었다.

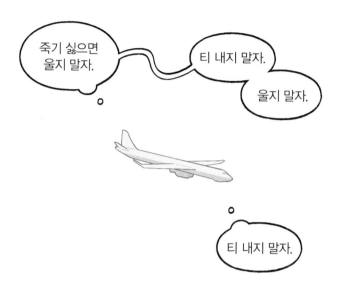

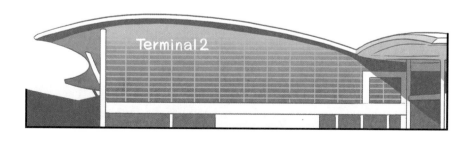

1년 만에 돌아온 내 방은
너무 낯설어서 눈물이 날 것 같았다.

엄마가 청소도
한번씩 했지.

이불도 빨고.

어쩐지!

집이
최고야!

엄마한테 너무 힘들다고
얘기했더라면 좋았을 텐데.

한 번도 집처럼 느껴지지 않았던
작은 기숙사 방이 진짜 집처럼 느껴졌다.

집으로 가고 싶었다. 웃을 필요 없고,
아무 말도 할 필요 없는 내 집.

프랑스로 돌아가는 날,
가족들과 친구들이 배웅을 해줬다.

나는 서둘러 출국장으로 들어가 버렸다.

'도피 유학'을 하는 거라고 생각한 적 없었다.

모아둔 돈 떨어지면,
해 보고 아닌 것 같으면,

그럼 그냥 돌아오려고 했다.

할 수 있는 만큼 공부나 더 해 보고 싶었을 뿐인데.

이번엔 정말 프랑스로 도망치고 말았다.

엉망으로 텅 빈 집.

여기가 내가 있을 곳이다.

에필로그

만화를 공부하면서 항상 이야기란 무엇인가 고민해왔습니다.
기승전결을 가진 어떤 특별한 것만이 이야기라고 생각했던 적도 있었지만.
지금은 전해지는 것이 이야기라고 생각합니다.
훌륭한 이야기도 누구에게도 전해지지 못하면 이야기가 아니니까요.
그렇게 프랑스에서 몇 해간 살면서 있었던 일들을 일기처럼 그리기 시작했습니다.
전해지기 위해서, 이야기가 되기 위해서. 특별한 성공담도 아름다운 로맨스도 아닌,
평범하고 때때로 견디기 힘들었던 개인적인 일상의 나열이지만 많은 분들이 공감해주신 덕분에 연재되고
책도 나오게 되었네요.

언젠가 내 좋은 친구 페이가 말했던 것처럼, 어떤 원대한 꿈이 있어서가 아니라
내가 바라는 내 모습이 되기 위해 떠났던 유학길이었습니다.
프랑스에서 순탄치 못한 몇 해를 홀로 보내고 난 뒤,
지금 나는 내가 바랐던 모습이 되어 있나 생각해봅니다.
저는 많이 부서졌지만 아직 갈 길이 머네요.

이 책의 이야기는 몇 년이 지난 일들이며, 저는 지금 한국에서 일하며 지냅니다.
《데일리 프랑스》 1권은 웹툰 연재 시즌1 분량으로 현재 시즌2(2권)를 진행하고 있습니다.

출간을 제안해주신 편집자님, 연재를 함께 해주신 PD님 감사합니다.
프랑스에서, 한국에서 서로의 힘이 되어주고 늘 든든한 친구들.
언제나 나를 믿고 지지해주는 엄마와 동생에게 사랑과 감사를 전합니다.

마지막으로 《데일리 프랑스》가 이야기로 전해질 수 있도록 해주신 독자 여러분께 감사드립니다.

경선